Cartouche

Un frère en danger

Cette histoire est tirée du dessin animé
Cartouche, Prince des faubourgs, épisode 21 :
« Le frère de Cartouche »

Idée originale d'Éric-Paul Marais et de Philippe Duchêne
Scénario original : Thomas Ripley
Réalisation : Xavier Giacometti

Une production STORIMAGES - XILAM ANIMATION / M6 / TPS JEUNESSE / VIF

Maquette : Fabienne Vérin

Pour la présente édition :

18, rue Barbès 92128 Montrouge Cedex

Dépôt légal : septembre 2011
ISBN : 978-2-7470-3790-7
Loi n° 49 956 du 16 juillet 1949 sur les publications destinées à la jeunesse.

Texte de Christophe Lambert
Illustrations de Diane Le Feyer

Cartouche

Un frère en danger

bayard poche

1

Retrouvailles

L'aube venait de se lever sur Paris. Cartouche et son ami Le Lorrain se promenaient sous les arcades de la place Royale, future place des Vosges. Pas de soldats en vue. Tout était calme, hormis le chant du coq qui réveillait la capitale endormie. Cartouche respirait à pleins poumons l'air frais et vif du matin.

– Tu vois, Le Lorrain, c'est mon heure préférée... Paris est si tranquille, si paisible...

Comme pour contredire ses propos, une silhouette jaillit d'entre deux colonnes et le bouscula violemment.

– Hééé ! glapit-il. Vous pourriez faire attention !

L'homme qui venait de le heurter n'avait guère plus de vingt ans. Il était grand, brun, plutôt joli garçon... Les yeux du maladroit s'écarquillèrent durant une seconde, puis un sourire narquois illumina son visage.

– Holà, monsieur, lança-t-il d'un air de défi. Deux mots !

– Hum, ça en fait déjà quatre, rétorqua Cartouche, amusé.

L'inconnu fit un pas en arrière et sortit son épée du fourreau. Son petit sourire n'avait pas quitté ses lèvres. Nullement impressionné par ce jeune fanfaron, Cartouche emprunta l'arme du Lorrain. Ce dernier regardait la scène d'un air intrigué. Tout le monde connaissait Cartouche, à Paris. Qui était donc ce freluquet qui osait le provoquer en duel pour si peu ? Ne savait-il pas qu'il allait se frotter à l'une des meilleures lames du royaume ?

Les deux adversaires croisèrent le fer sans tarder davantage. À la grande surprise du Lorrain, l'inconnu se débrouillait bien. Il arrivait même, par moments, à mettre Cartouche en difficulté. Les duellistes allaient et venaient sous les arcades, tantôt à l'ombre, tantôt au soleil, sans cesser d'entrechoquer leurs épées.

« Pourquoi Cartouche n'utilise-t-il pas une de ses bottes secrètes ? se demanda Le Lorrain. Qu'attend-il pour désarmer son adversaire ? »

On aurait dit que le Prince des faubourgs faisait durer le plaisir. C'était là un jeu dangereux, car son adversaire multipliait les attaques audacieuses. Soudain, les deux hommes s'élancèrent l'un vers l'autre, côté rue.

– NON ! hurla le Lorrain, toujours posté sous les arcades.

Une colonne l'avait empêché de voir le choc, mais il distinguait Cartouche et l'inconnu qui chancelaient, les jambes molles, une grimace de douleur déformant leurs traits. Aucun doute : ils s'étaient embrochés en même temps !

Le Lorrain, pâle comme la mort, n'osait plus bouger.

Tout à coup, les duellistes éclatèrent de rire et se prirent par les épaules comme une paire de vieux copains. Cartouche se tourna vers Le Lorrain.

– Je te présente François, dit-il. C'est mon jeune frère !

Le visage du Lorrain passa alors par différentes expressions : stupéfaction, soulagement... puis colère !

– Espèce d'idiot ! rugit-il. Tu as bien failli me faire mourir de peur ! Et qu'est-ce que c'est que cette histoire de frère, d'abord ? Tu ne m'en as jamais parlé !

Cartouche rit de plus belle :

– Je t'expliquerai, ne t'inquiète pas.

Le trio se mit en route vers les quais de la Seine. Le jeune François plaisantait avec Cartouche sous l'œil sombre du Lorrain : celui-ci n'avait pas l'habitude que l'on se moque de lui.

– Alors, que deviens-tu, p'tit frère ? questionna le Prince des faubourgs.

– Je suis arrivé hier à Paris. Je voulais venir te dire bonjour, mais... j'ai eu quelques ennuis.

– Déjà ?

Cartouche ne semblait qu'à moitié surpris. Apparemment, François avait l'habitude de se mettre dans de sales draps.

– Quel genre d'ennuis ? reprit le hors-la-loi. Graves ?

– Hum, si je te dis que, dans vingt-quatre heures, on risque de me retrouver raide mort, ça te paraît grave ?

– Plutôt, oui.

Pour une fois, Cartouche était redevenu sérieux.

– Viens avec nous au Chariot d'Or, soupira-t-il. Tu nous raconteras tes malheurs devant un solide petit déjeuner.

La Veuve Richard, patronne de l'auberge qui servait de quartier général aux cartouchiens, avait posé du pain, une motte de beurre, un pot de confiture et du café sur la table à laquelle les trois hommes s'étaient assis. Il n'y avait personne, à part eux, dans la grande salle.

« Tant mieux », songea Cartouche.

Il ne savait pas encore ce que François avait bien pu faire, mais il était sûr qu'il valait mieux ne pas attirer l'attention sur eux.

– J'ai commis une grosse bêtise, confessa le jeune homme. Hier soir, je suis allé jouer et… j'ai perdu.

– Beaucoup ? s'enquit Cartouche.

François baissa les yeux, honteux.

– Oui, marmonna-t-il, le nez dans son bol. Je dois une forte somme à Germain Carambouille. Il tient un salon rue des Francs-Bourgeois.

– J'ai connu quelqu'un qui lui devait de l'argent, intervint Le Lorrain, la bouche pleine. On a retrouvé la tête près de Montmartre, un bras vers Saint-Germain... Je crois aussi qu'il y avait un pied du côté des Tuileries...

On aurait dit qu'il prenait un malin plaisir à effrayer François. Celui-ci se massa la nuque, blanc comme un linge.

– C'est ce qui va m'arriver si je n'ai pas payé Carambouille demain à l'aube.

Soudain, une étincelle s'alluma dans ses yeux : il venait d'apercevoir la belle Fleur d'Épine. Elle descendait l'escalier menant aux étages de sa démarche souple et gracieuse. Le soleil qui entrait par les nombreuses fenêtres du rez-de-chaussée enflammait sa magnifique chevelurc rousse.

– Salut, la compagnie, lança-t-elle. Qui est ce jeune homme ?

Cartouche fit les présentations :

– Fleur d'Épine, aussi jolie que piquante... François, mon frère cadet, encore plus fou que moi...

La jeune fille fronça les sourcils, comme si on venait de lui soumettre un aliment au goût bizarre.

– Il exagère, sourit François. Je ne me suis pas encroûté, moi. C'est tout.

Cartouche se leva.

– Tu as raison, dit-il. Je me fais vieux. Jouer à cache-cache avec les soldats du Régent durant toute la nuit m'a épuisé. Je vais aller me reposer quelques heures.

– Pareil pour moi, ajouta Le Lorrain, en s'essuyant la bouche. Place aux jeunes.

Il leur fit un clin d'œil et les deux compères s'éclipsèrent en empruntant l'escalier par lequel Fleur d'Épine était arrivée.

La jeune fille s'installa en face de François.

– Vous êtes vraiment le frère de Cartouche ? demanda-t-elle, intriguée.

– C'est tout comme, répondit le jeune homme. Nous sommes des gamins des rues, adoptés et élevés par les mêmes parents. Nous avons grandi ensemble, inséparables. Cartouche veillait sur moi. Avec lui, je n'avais jamais peur de rien...

Fleur d'Épine sourit, songeuse. Elle imaginait les deux garçons courant dans les hautes herbes sur une colline, avant de grimper aux branches d'un bel arbre...

– Puis chacun est parti de son côté, continua François. Il est devenu le Prince des faubourgs, célèbre dans tout le royaume, et moi, j'ai « vu du pays », comme on dit...

– Et vous voilà de nouveau réunis, termina Fleur d'Épine, toujours rêveuse.

– Oui, et j'espère une fois de plus que mon « grand frère » va me tirer du pétrin.

Le visage de la belle rousse s'assombrit :

– Ah bon ? Qu'est-ce qu'il vous arrive ?

2

Le salon de jeux

Le repaire des cartouchiens se trouvait au dernier étage du Chariot d'Or. On y accédait grâce à une trappe incrustée dans son plancher en bois vermoulu. Il y faisait chaud l'été et très froid l'hiver, mais c'était une bonne cachette... et l'endroit avait été décoré avec goût par Fleur d'Épine. La trappe se souleva pour laisser apparaître le visage de la jeune fille.

– Debout, là-dedans ! jeta-t-elle.

Cartouche était allongé sur une banquette et dormait profondément.

Le Lorrain ronflait, affalé sur le clavecin.

– Allez, debout !

Les deux amis ouvrirent les yeux pendant que Fleur d'Épine et François montaient dans le grenier.

– Je sais comment nous allons aider ton frère à payer sa dette, dit la belle rousse.

Elle paraissait surexcitée. Cartouche et Le Lorrain sortaient doucement du sommeil. Le Prince des faubourgs s'assit et s'étira.

– Ah oui, et comment allons-nous faire ? demanda-t-il entre deux bâillements.

– On va attaquer le fourgon des impôts, pardi !

– Pour rembourser une dette de jeu ?

– Qu'est-ce que ça change ? questionna François.

Cartouche le regarda froidement.

– Eh bien, ça change tout, dit-il. On ne rembourse pas une dette en volant, même quand il s'agit des impôts du Régent.

– Parce que, finalement, l'argent des impôts, c'est l'argent du peuple, compléta Le Lorrain.

Fleur d'Épine n'en croyait pas ses oreilles :

– Quoi ? Tu refuses d'aider ton frère ? C'est vrai que tu deviens vieux !

– N'insiste pas, fit François, gêné. Ils n'ont pas tort, dans le fond.

Ils sortirent tous les deux, et la jeune fille prit soin de bien claquer la trappe derrière elle pour montrer son mécontentement.

Le Lorrain se tourna vers son chef :

– Qu'est-ce qu'on fait ?

– Ma foi, j'ai bien envie de rendre une petite visite à ce Germain Carambouille.

Les cartouchiens avaient accumulé dans leur cachette tout un stock de déguisements et de postiches prêts à l'emploi. Cartouche choisit une perruque et une paire de fausses moustaches. Le Lorrain, de son côté, portait une veste de brocart du plus bel effet.

Une heure plus tard, les deux compères se présentèrent devant la maison de Carambouille, rue des Francs-Bourgeois. Une porte massive équipée d'un judas leur faisait face. Ils frappèrent, et le judas s'ouvrit pour laisser apparaître un œil méfiant :

– Présentez-vous !

Le duo prit une pose avantageuse.

– Chevalier Louis André du Cerceau, annonça Cartouche.

– Vicomte Philippe Lampion du Belvédère, dit son compère.

La lourde porte s'ouvrit en grinçant.

Les deux amis pénétrèrent dans un antre où les fenêtres étaient masquées par d'épaisses tentures. L'unique lumière venait des bougies et laissait de grands pans de pénombre.

Cartouche plissa les yeux. Il distinguait des silhouettes assises à des tables où elles pratiquaient toutes sortes de jeux. Peu à peu, il s'accoutuma à la pénombre et nota que les joueurs étaient de tous les âges et appartenaient à la bonne société, si l'on en jugeait par leurs coûteux vêtements.

« On a bien fait de se déguiser en nobles », songea Cartouche.

Les gens du beau monde aimaient s'encanailler dans des endroits comme celui-ci.

Cartouche passa en revue les jeux proposés à la clientèle. Ils étaient variés. Il y avait les cartes et les dés, bien sûr, mais aussi le jonchet – des bâtonnets empilés que l'on devait retirer un par un sans faire bouger les autres – et la grenouille – des palets à jeter dans des ouvertures plus ou moins accessibles, la plus difficile à atteindre étant la bouche d'une grenouille sculptée en bois.

Cartouche se pencha à l'oreille d'un client :

– Je cherche Germain Carambouille.

L'homme lui montra un géant attablé un peu plus loin, au fond de la salle. Carambouille avait un visage en

lame de couteau d'une froideur absolue. Il jouait au tarot en fixant ses cartes intensément. On pouvait presque entendre les rouages de son cerveau s'activer, implacables, derrière son regard calculateur. Les pièces amassées en tas devant lui indiquaient clairement qu'il gagnait. Il faut dire que ses adversaires ne semblaient guère redoutables : un vieillard à la perruque poudrée, un jeune homme vêtu avec un luxe extravagant et un bourgeois à l'air naïf. Une belle jeune femme au physique de courtisane se tenait derrière celui-ci. Elle agitait son éventail pendant que ses yeux allaient et venaient, comme si elle ne voulait pas rater une miette de la partie en cours.

Carambouille ne manifestait aucune émotion. Il porta lentement la main gauche à son oreille, où pendait un anneau d'or.

La jeune femme marqua une pause, puis agita son éventail trois fois. Le géant se replongea dans son jeu.

Cartouche murmura à son ami :

– Viens, nous en avons assez vu.

Ils sortirent. Une fois dans la rue, le Prince des faubourgs s'exclama :

– Tu as vu leur petit manège ? Carambouille triche, c'est une certitude ! La dette de François n'est pas légitime.

– Hum, ça ne change pas grand-chose au problème, répliqua Le Lorrain. Cette brute découpera ton frère en morceaux de toute façon... Tu sais ce qu'on raconte ? C'est un ancien boucher ! Il paraît qu'il a gardé ses vieux couteaux...

– Ce que j'aime chez toi, c'est que tu sais vraiment réconforter, grinça Cartouche.

Il marqua une pause avant d'ajouter :

– Bon, maintenant, il faut retrouver François et Fleur d'Épine avant qu'ils ne fassent de grosses bêtises !

Pendant ce temps, la belle rousse et le frère de Cartouche avaient pris place sur une passerelle surplombant une rue pavée. Ils attendaient. François paraissait très nerveux.

– Je n'aime pas trop ça, marmonna-t-il. Je ne sais même pas quel est ton plan.

– Nous sauterons sur le toit du fourgon des impôts dès qu'il arrivera sous la passerelle.

– Et après ?

– Nous improviserons, c'est la devise des cartouchiens.

Elle lui adressa un coup de coude complice, mais François ne partageait pas son optimisme.

Un bruit de carriole se fit entendre.

– Les voilà, murmura Fleur d'Épine.

Une paire de gardes était postée à l'arrière du fourgon. On voyait nettement leurs longues lances qui dépassaient. Demachault, le chef de la police, avait pris place à côté du cocher. Celui-ci fouettait ses bêtes en criant :

– Hue ! Hue !

Comme prévu, le duo attendit que le véhicule fût juste à sa verticale pour sauter. Les jeunes gens se reçurent sur le toit. Le bruit du double impact fit tourner la tête à Demachault.

– Hééé ?! couina-t-il.

Il essaya de transpercer Fleur d'Épine avec son épée, mais, plus agile que le policier, elle évitait ses attaques sans problème. François, quant à lui, avait fort à faire avec les deux soldats qui le menaçaient de leurs lances. Il parait les coups tout en essayant de se maintenir en équilibre alors que le fourgon cahotait sur les pavés.

Soudain, le cocher tira sur les rênes. Les chevaux stoppèrent net. Leurs voix fondues en un seul cri, Fleur d'Épine et François furent projetés dans les airs. Ils roulèrent au sol mais se relevèrent aussitôt, de nouveau prêts à l'action. Demachault avait profité de ce répit pour sauter à terre, imité par les soldats. Leur tactique était limpide : prendre les bandits en tenaille et leur couper toute retraite. Le duo de hors-la-loi se retrouva rapidement dos à dos. Les gardes menaçaient François. Demachault s'avançait vers Fleur d'Épine, un sourire diabolique aux lèvres, confiant dans l'issue du combat.

– Au nom du Régent, rendez-vous ! dit-il. Vous n'avez aucune chance.

Fleur d'Épine grimaça :

– Désolée de t'avoir entraîné là-dedans, François.

– Non, c'est de ma faute, rétorqua le frère de Cartouche.

– Une minute ! cria une voix que tous deux connaissaient bien.

Comme surgi de nulle part, le Prince des faubourgs apparut derrière Demachault.

– Bien le bonjour, monsieur le Lieutenant Général de Police, lança-t-il, en accompagnant ces mots d'une ample révérence.

– Je vais t'apprendre, coquin ! riposta Demachault.

Il se fendit d'une attaque qui se voulait fulgurante, mais son adversaire avait anticipé le coup et il esquiva la pointe de la lame comme un torero évite un taureau furieux.

Les deux soldats ne prêtaient plus attention à François et regardaient le duel d'un air ébahi. Ils ne virent pas Le Lorrain se glisser dans leur dos. Celui-ci cogna leurs têtes l'une contre l'autre et ils s'écroulèrent, assommés. Cartouche, quant

à lui, venait de décocher un coup de pied dans le poignet du policier. L'épée tourbillonna un instant... pour finalement atterrir dans la main du héros.

– Eh bien, Demachault, on ne fait pas attention à ses affaires ?

La moquerie frappa le petit homme aussi durement qu'une gifle.

– Je... je t'aurai, grogna-t-il, l'écume aux lèvres.

– Un autre jour, peut-être, rigola Cartouche.

Il planta l'épée dans la portière du fourgon, où elle demeura, vibrant durant encore quelques instants.

– Allez, suivez-moi, les enfants, dit le Prince des Faubourgs à Fleur d'Épine et François.

Il montrait du menton l'autre extrémité de la rue. Devant l'hésitation des deux jeunes gens, il ajouta, moitié plaisantin, moitié sérieux :

– C'est un ordre !

Les cartouchiens s'élancèrent comme un seul homme pendant que Demachault s'escrimait à essayer d'arracher sa lame profondément enfoncée dans le bois.

– Revenez ! beuglait-il. Revenez vous battre, bande de lâches !

Mais Cartouche et ses amis étaient déjà loin.

3

Pacte avec le diable

La nuit était tombée et le firmament étoilé recouvrait la capitale comme un manteau noir piqueté de minuscules diamants.

François et Cartouche prenaient le frais au bord de la Seine, non loin du Chariot d'Or. Ils avaient à parler.

– J'ai été idiot, je le reconnais, soupira François.

– Jouer, c'est prendre des risques, dit son frère. Mais, quand on joue de l'argent, on peut y laisser sa vie et, là, ça devient vraiment stupide.

Les deux hommes s'accoudèrent au parapet d'un vieux pont. François jeta un petit caillou, et des rides se formèrent en forme de cercles dans l'eau noire du fleuve.

– Je ne veux pas qu'on retrouve ma tête à Montmartre, ou ailleurs, lâcha-t-il. Je veux qu'elle reste à sa place.

Toute insouciance avait disparu de son visage juvénile.

– Je ne veux pas mourir.

– Ne t'inquiète pas, dit Cartouche. Je vais arranger ça. J'irai avec toi chez Carambouille...

Un sourire radieux illumina le visage de François :

– Oh, c'est vrai ? Tu vas le payer ?

– Disons que je vais lui faire une proposition...

– Comment cela ?

– Tu verras. Fais-moi confiance.

Le sourire de François s'était un peu effacé. Néanmoins, il hocha la tête. Il faisait davantage confiance à son grand frère qu'à lui-même !

– Allez, viens, rentrons, conclut Cartouche. Je suis sûr que la Veuve Richard nous a préparé l'un de ces délicieux ragoûts dont elle a le secret.

Le lendemain matin, Cartouche et François se rendirent au salon de jeux.

Un homme sinistre leur ouvrit.

– C'est pour quoi ? aboya-t-il.

– Heu, je viens rembourser une dette de jeu, balbutia François.

– Dans ce cas, suivez-moi.

L'homme conduisit les deux jeunes gens dans la petite pièce qui servait de bureau au maître des lieux. L'endroit était vraiment minuscule et Carambouille semblait remplir tout l'espace de son impressionnante stature. Une fois encore, la lumière du jour était occultée par des rideaux tirés. Les yeux froids du géant brillaient dans la pénombre.

– Vous deviez venir seul, dit-il en reconnaissant François.

Ce dernier fit un geste en direction de Cartouche :

– Permettez-moi de vous présenter mon frère.

Le front de Carambouille se plissa. Il avait déjà vu ce visage placardé sur tous les murs de Paris.

– Tiens, tiens, grogna-t-il. Le Prince des faubourgs

en personne se déplace dans ma modeste demeure. Vous êtes Cartouche, n'est-ce pas ?

L'intéressé acquiesça :

– Pour vous servir.

Depuis quelques minutes, il regardait le tableau accroché au mur, derrière le colosse : une scène représentant une partie de cartes où l'un des joueurs dissimulait un as de carreau dans son dos.

– C'est un très joli tableau que vous avez là, fit-il, ironique.

– Il n'est pas à voler, répliqua sèchement Carambouille.

– Il s'appelle *Le tricheur*, si je ne me trompe pas ?

– En effet. Où voulez-vous en venir ?

– Nulle part, voyons. Je me renseignais, c'est tout.

Carambouille commençait à s'impatienter.

– Où est mon argent ? questionna-t-il. Vous avez les cinquante écus ?

– Je n'ai pas un sol.

Une ombre passa sur les traits crispés de Carambouille. Il se leva, ses poings épais comme la tête d'un nourrisson serrés à s'en faire blanchir la jointure des doigts.

– Cette plaisanterie a assez duré, gronda-t-il, menaçant.

Il attrapa François par le col et le souleva pratiquement jusqu'au plafond :

– Toi, si tu ne veux pas payer, c'est ta vie que je vais prendre !

– Nous vous rembourserons dix fois la mise, déclara tranquillement Cartouche.

Les pieds de son frère gigotaient dans le vide. Carambouille reposa le jeune homme et se tourna vers Cartouche, intrigué :

– Vous venez de dire que vous n'aviez pas un sol.

Le Prince des faubourgs lui présenta son plus beau sourire :

– Je prépare un gros coup. C'est pour demain.

Carambouille restait méfiant :

– Qu'est-ce qui me dit que ce n'est pas une embrouille ?

– Je te croyais moins timoré que ça, siffla Cartouche. Ah oui, c'est vrai, il n'y a personne derrière moi pour te révéler mon jeu, hein ? Dans ce cas, je crois que tu n'as pas d'autre choix que de me faire confiance...

Dix secondes passèrent. Carambouille fixait le hors-la-loi dans les yeux. Il semblait bouillir sur place.

– Alors, ça t'intéresse ou pas ? le relança Cartouche.

– Sais pas. Raconte toujours.

– Je vais attaquer un fourgon rempli d'or avec ma bande. Le butin sera de cinquante mille écus.

Carambouille se gratta le menton, pensif :

– Comment connais-tu le montant exact du chargement ?

– J'ai mes informateurs...

Carambouille pesait le pour et le contre. La réputation de Cartouche en matière de brigandage n'était plus à faire. Sa proposition avait de quoi le tenter.

– Je veux cinquante pour cent, dit enfin le colosse.

– Dix.

– Quarante.

– Trente.

Carambouille se mordit la lèvre inférieure et bougonna :

– Bon, va pour trente pour cent, mais je serai avec vous au moment de l'attaque. Pas d'entourloupe !

– Accordé, rétorqua Cartouche.

Et c'est ainsi que le marché fut conclu.

– Trente pour cent, c'est beaucoup trop, répétait François.

Dès que Cartouche et lui avaient retrouvé l'air frais et ensoleillé de la rue des Francs-Bourgeois, il s'était mis à protester, scandalisé par l'offre très généreuse qui avait été faite au tricheur.

– De quoi te plains-tu ? riposta Cartouche. Tu vas avoir la vie sauve, non ?

– Ouais, peut-être, mais en attendant j'ai failli y passer. J'ai bien cru que l'autre brute allait m'étrangler, tout à l'heure !

– Allons, tu sais bien que je n'aurais jamais laissé ce pachyderme te faire du mal, hein ?

François baissa le menton, tel un gamin pris en faute.

– Oui, je sais, je sais, dit-il.

Il releva le visage et lança :

– C'est quoi, ton plan ?

– Je vais t'expliquer...

Pendant que les deux hommes s'éloignaient, le rideau masquant le bureau de Carambouille se remit en place.

Quelques heures plus tard, le repaire des cartouchiens s'était une fois de plus transformé en salon d'essayage. Le Lorrain enfilait un costume de soldat du guet en compagnie de Galichon, un robuste gaillard au moins aussi imposant que Carambouille. Galichon était un ancien galérien. Il répondait toujours présent quand Cartouche avait besoin d'un coup de main, mais il ne pouvait pas s'empêcher de rouspéter.

– Nom d'une sardine ! jura-t-il en ajustant le ceinturon de sa culotte, qui était nettement trop courte. Tu n'aurais pas pu trouver ma taille, Le Lorrain ?

Celui-ci répondit par un sourire pincé.

– Toutes mes excuses, « sieur » Galichon, fit-il. Mais les hommes de Demachault ont une garde-robe assez limitée.

Il tendit les bras pour montrer que sa propre veste n'était pas non plus à la bonne taille : les deux manches pendaient lamentablement au bout de ses poignets.

– Toi, tu peux les retrousser, grogna le costaud. Mais moi, comment je fais ?

– Allons, cesse de râler. Tu es très beau comme ça, je t'assure.

À ce moment, un bouton sauta de la poitrine de Galichon, pareil à un insecte doré. L'ancien galérien poussa un profond soupir d'exaspération.

À quelques lieues du Chariot d'Or, dans la cour d'un marchand de chevaux nommé le père Tabard, Fleur d'Épine supervisait les derniers préparatifs du plan concocté par son chef.

– Alors, vous me la montrez, cette merveille ? demanda-t-elle au propriétaire de l'écurie.

Le vieil homme acquiesça.

– Je dois avouer que je ne suis pas mécontent de moi, dit-il.

Il tira sur la grande bâche qui recouvrait un mystérieux attelage, découvrant une réplique parfaite du fourgon des impôts. Les lourdes ferrures, les ouvertures grillagées... tout y était !

– Formidable ! s'exclama la jeune fille. Vous avez fait du beau travail ! Et l'autre ?

Le père Tabard entraîna son invitée sous un porche où il avait attelé une charrette avec deux chevaux. Il se pencha pour désigner une roue.

– Vous voyez, ici ? dit-il. J'ai légèrement scié l'essieu. Il devrait se briser rapidement.

– Bravo ! Combien vous doit-on ?

– Si c'est pour Cartouche, c'est gratuit, répondit le père Tabard.

Tout était prêt pour lancer « l'opération Carambouille »...

4

Une opération mouvementée

Le lendemain, à l'aube, tout était prêt. Cartouche et Carambouille avaient pris place sur le Pont-Neuf, peu fréquenté en cette heure matinale. François conduisait la charrette trafiquée par le père Tabard. Pour le moment, il était posté sur la rive gauche du fleuve et attendait. Il avait rempli son attelage de manière à passer pour un marchand des quatre saisons. L'arrière de la charrette débordait de cageots de fruits et légumes.

Cartouche se pencha à l'oreille de Carambouille :

– Alors tu as bien compris, hein ? Dès que tu vois le fourgon, tu donnes le signal.

– Bien sûr que j'ai compris, répliqua le colosse. Je ne suis pas idiot !

Drapé dans une grande cape sombre, il dominait Cartouche d'une bonne tête. Celui-ci hocha la tête en souriant et courut se dissimuler derrière le socle de la statue d'Henri IV, au milieu du pont.

Les minutes passaient, angoissantes.

Carambouille jetait des coups d'œil répétés vers la rive droite.

Soudain, le fourgon des impôts apparut. Galichon jouait le rôle du cocher et menait ses bêtes à vive allure. Debout à l'arrière, sur un marchepied, Le Lorrain et Fleur d'Épine se cramponnaient comme ils pouvaient. Ils étaient tous les deux déguisés en soldats du guet. La jeune fille avait ramené ses cheveux sous son chapeau. Sa paire de fausses moustaches se décollait, et elle était obligée de la rajuster toutes les trente secondes.

Carambouille mit deux doigts dans sa bouche et siffla.

Aussitôt, François fit semblant de perdre le contrôle de sa charrette.

– Holà ! brailla-t-il, faussement paniqué.

Il était en travers du pont et bloquait le passage au véhicule officiel. Galichon arrêta ses chevaux.

– Dégage la route, maraud ! cria-t-il en brandissant son fouet.

François continuait de jouer les benêts. La charrette avançait, reculait, mais elle était toujours en travers du chemin.

– Désolé, bredouilla-t-il. Je fais ce que je peux...

– Dépêche-toi si tu ne veux pas que je vienne te frotter les oreilles, menaça Galichon, très convaincant.

Tout à coup, comme le père Tabard l'avait prédit, l'une des roues se détacha. La charrette bascula lourdement sur le flanc, renversant son contenu sur la chaussée.

– C'est pas vrai, tu le fais exprès, abruti ! s'énerva le faux cocher.

Il sauta sur les pavés du pont et leva le poignet pour faire claquer son fouet.

– Hééé ! glapit-il.

Une main s'était refermée sur son bras. Il se retourna et vit...

– Cartouche ! Par tous les diables !

– Hum, n'en fais pas trop, murmura le Prince des faubourgs, car son ami avait tendance à exagérer sa surprise.

Puis il lança à voix haute :

– Tout le monde descend !

Venant de l'arrière du fourgon, la jolie Fleur d'Épine fonçait déjà droit sur lui.

Cartouche agita l'index de sa main libre en susurrant :

– Tsss, tsss...

Fleur d'Épine marqua un temps d'arrêt, soudain figée, et écarquilla les yeux.

– Mais oui, hoqueta-t-elle en essayant de prendre une voix grave. C'est Cartouche, c'est bien lui !

Elle prit ses jambes à son cou, aussitôt imitée par Galichon.

Carambouille décida de s'occuper du dernier garde, c'est-à-dire Le Lorrain. Celui-ci était armé d'une lance qu'il tenait à deux mains en tremblant. Carambouille se jeta sur cette proie sans attendre davantage. Il attaquait pour tuer, mais c'était Le Lorrain qui menait la danse sans en avoir l'air. L'ami de Cartouche déviait les assauts furieux tout en prenant garde à ne pas blesser son adversaire. Les cartouchiens avaient pour règle de ne jamais faire couler le sang, même en état de légitime défense. Lorsqu'il jugea que le petit jeu avait assez duré, Le Lorrain se laissa désarmer et partit à son tour en courant, faussement paniqué.

Cartouche s'approcha de Carambouille pour le féliciter :

– Bravo, je n'aurais pas fait mieux !

– Il était coriace, celui-là, dit le colosse, essoufflé.

– Je garde toujours les meilleurs morceaux pour les invités.

Un craquement métallique fit tourner la tête aux deux hommes : François venait de forcer la porte du fourgon à l'aide d'une barre à mine.

– À nous le butin ! s'exclama Cartouche en se frottant les mains.

Au même moment, à quelques rues de là, Demachault effectuait sa patrouille matinale à la tête d'un groupe de soldats du guet.

Soudain, un projectile fendit l'air pour s'écraser sur son visage avec un bruit flasque.

Une pomme pourrie !

– Qui a osé ?! hurla le petit homme, fou de rage et dégoulinant de marmelade poisseuse.

La tête échevelée d'un garçon d'une dizaine d'années apparut à l'angle d'un bâtiment. Demachault connaissait bien ce « vaurien » ! C'était Freluquet, le plus jeune membre de la bande des cartouchiens. Le gamin fit une grimace au chef de la police et décampa à toute vitesse !

– Je vais t'apprendre, canaille ! s'écria Demachault.

Il s'élança tout en s'essuyant avec un mouchoir. Ses hommes le suivirent au pas de course.

Pendant ce temps, sur le pont, la situation prenait une tournure inattendue.

– Que fais-tu ? glapit Cartouche en voyant son frère qui glissait dans sa poche une bourse pleine de monnaie sonnante et trébuchante. On n'a pas commencé le partage !

– Je fais le partage, répliqua son frère. Enfin, à ma façon...

Il continuait de se remplir les poches sans marquer de pause.

Interloqué, Carambouille grogna :

– Qu'est-ce que ça veut dire ?

Il n'avait pas rengainé son épée et fit mine d'avancer sur François. Ce dernier sortit son arme en aboyant :

– Pas un geste !

– François, tu es fou ! hoqueta Cartouche.

– Et toi, tu es bien naïf, cracha le jeune homme. Je t'ai forcé à monter le coup, mais je n'ai aucune intention de partager le butin.

– Espèce de..., éructa Carambouille.

Cartouche l'arrêta d'un geste.

– Tu permets, dit-il. C'est une affaire de famille.

Sans attendre la réponse, il dégaina sa propre épée et se mit en garde.

Carambouille n'y comprenait plus rien. Il essaya d'analyser froidement la situation. Après tout, si ces deux andouilles avaient envie de s'étriper, pourquoi pas ? Si François était tué, il obtiendrait une plus grosse part. Dans le cas contraire, il se chargerait d'éliminer lui-même le traître et garderait tout l'argent. Quelle que soit l'issue du duel, il y gagnait !

– Tu ne vas pas t'en tirer comme ça, déclara Cartouche, mâchoires serrées.

Une rage froide brillait dans ses yeux.

– J'en ai assez que tu me traites comme un enfant ! riposta François.

– Alors cesse de te comporter comme tel !

Le combat fratricide s'engagea à peine ces mots prononcés. Les lames s'entrechoquaient en tintant et les passes d'armes s'enchaînaient à un rythme extraordinaire. Carambouille, spectateur attentif de cette fantastique démonstration d'escrime, n'avait jamais rien vu de tel. Les deux frères bondirent sur la charrette renversée en travers du pont, puis sautèrent de nouveau sur les pavés, et le duel reprit de plus belle, avec une férocité inouïe.

– J'ai eu peur, chez Carambouille, dit François sans s'arrêter de croiser le fer. J'ai bien cru qu'il allait m'étrangler... Tu as joué avec ma vie.

– C'est TOI qui as joué avec ta vie, le corrigea Cartouche. Et avec celle des autres !

Le combat s'était déporté vers la statue du roi au célèbre panache blanc. Les deux jeunes gens tournèrent une fois autour du socle puis leur échange se poursuivit sur le parapet du pont, un ruban de pierre d'à peine vingt centimètres de large !

Demachault, quant à lui, était toujours lancé aux trousses du jeune Freluquet. Celui-ci avait entraîné ses poursuivants exactement là où il le désirait : à l'embouchure du Pont-Neuf, côté rive gauche. Il freina à l'approche de la charrette des quatre saisons. L'attelage lui bloquait le passage.

– Je te tiens, fripouille ! exulta Demachault.

Il ralentit à son tour, imité par ses hommes. Il venait d'apercevoir deux silhouettes qui se battaient, en équilibre au bord du vide. Et l'une d'elles était...

– Cartouche ! s'étrangla le chef de la police.

Il avait reconnu son ennemi juré. Aussitôt, plus rien d'autre ne compta à ses yeux. Oubliés, Freluquet et son insultante pomme ! Cartouche était en difficulté. Cartouche ne l'avait pas vu. Cartouche était là, à sa portée, pareil à un fruit mûr prêt à être cueilli.

– Cette fois, tu ne m'échapperas pas, dit-il à mi-voix, avec un sourire mauvais.

– Comment as-tu pu nous trahir ? lança Cartouche en se fendant pour attaquer.

François para le coup.

– Je ne supportais plus de vivre dans ton ombre, révéla-t-il. L'éternel petit frère. Le minable... L'un de nous deux est de trop !

Il attaqua à son tour. Cartouche répliqua, pointe en avant, et...

– Oh ! s'exclama Carambouille, stupéfait.

Les deux frères s'étaient embrochés sous ses yeux ! Leurs silhouettes découpées en contre-jour par le soleil levant vacillèrent, puis ils basculèrent tous les deux dans l'eau !

Le colosse se précipita et pencha la tête au-dessus du parapet. Les ondes circulaires provoquées par la double chute se fondirent, créant de nouveaux motifs avant de s'effacer progressivement. Personne ne remontait à la surface.

– Eh bien, voilà qui règle le problème, murmura Carambouille, sourire aux lèvres.

Un beau butin l'attendait.

Quand il se retourna, son sourire se fana : les soldats du guet se déployaient en arc de cercle devant lui, leurs lances pointées sur sa massive poitrine.

– Tiens, tiens, qui avons-nous là ? fit Demachault en écartant ses hommes pour marcher jusqu'au bandit. Tu fais partie de la bande de Cartouche, toi ?

– Moi ? bredouilla Carambouille. Non, je... enfin...

– Oui, oui, je vois. Tu nous raconteras tout ça au poste de police.

– Mais je n'ai rien à voir avec...

– Tais-toi ! Vous autres, emparez-vous de lui !

Les gardes se jetèrent sur la brute et la désarmèrent en un instant. Demachault était aux anges. Quelle magnifique journée ! Le hors-la-loi le plus célèbre de la capitale avait cessé de nuire et, en prime, il mettait la main sur un de ses complices. Le Régent allait être fou de joie...

Pendant ce temps, sous le tablier du pont, François et Cartouche se retenaient de pouffer, comme deux gosses satisfaits d'une bonne farce jouée à des adultes. Ils attendirent que les soldats et leur prisonnier s'éloignent, puis ils sortirent de l'eau, tout trempés mais heureux.

– Incroyable, ça a marché, dit François.

– Évidemment que ça a marché. (Cartouche tapa sur l'épaule de son frère.) Tu as été parfait pendant le duel... Surtout dans tes reproches ; à un moment, j'ai même failli y croire.

François lui répondit par un sourire un peu embarrassé.

– C'est vrai que des fois je suis un peu jaloux de toi, dit-il. Mais tu es mon frère et je t'aime plus que tout au monde !

Ils tombèrent dans les bras l'un de l'autre, plus complices que jamais.

5

Ce n'est qu'un au revoir...

Quand François et le Prince des faubourgs parvinrent au Chariot d'Or, les cartouchiens avaient déjà enlevé leurs déguisements et retrouvé leurs vêtements habituels.

– Mes enfants, c'était magnifique ! clama Galichon. Aucun blessé chez nous, et ce forban de Carambouille sous les verrous.

– Je dois reconnaître que je suis assez satisfait, dit Cartouche.

– Ton plan était impeccable, l'ami, confirma Le Lorrain. Et toi, chère Fleur d'Épine, quelle actrice ! J'ai vraiment cru que tu étais morte de peur quand tu t'es enfuie en courant.

– Merci, fit la jeune fille. En fait, j'avais vraiment très peur... que mes fichues moustaches se décollent.

Toute la bande s'esclaffa. Les rires retombés, Freluquet lâcha :

– Ouais, tout ça, c'est bien joli, mais on n'a rien gagné dans l'affaire.

– Il y a des choses plus précieuses que l'argent, affirma Fleur d'Épine en coulant un regard ému vers François.

Le frère de Cartouche se racla la gorge.

– Merci à tous, dit-il. Je vous dois une fière chandelle. Vous m'avez sauvé la vie...

Galichon lui donna une grande tape dans le dos :

– Tu fais partie de la famille, petit !

Et ils descendirent au rez-de-chaussée, où la Veuve Richard les attendait avec un bon repas.

Le lendemain, François dit au revoir à la fine équipe.

– Tu dois vraiment partir ? demanda Freluquet.

– Oui, je veux voyager encore un peu.

– Dommage, on s'amusait bien avec toi.

Le jeune homme serra la main au Lorrain et à Galichon, puis il étreignit le chef de la bande :

– Merci encore. Pour tout.

– Prends soin de toi, p'tit frère, répondit Cartouche. Essaie de ne pas te fourrer dans les ennuis, comme d'habitude.

– Promis. Cette dernière aventure m'a servi de leçon.

François allait faire la bise à Fleur d'Épine quand celle-ci déclara :

– Je vais t'accompagner jusqu'aux portes de la ville. On ne sait jamais : ce serait trop bête que tu fasses une mauvaise rencontre maintenant que tout est arrangé.

– Euh, très bien, dit François.

Cartouche ne put s'empêcher de sourire en les regardant sortir de l'auberge.

Fleur d'Épine et François gravirent une petite colline aux abords de la capitale. La jeune fille avait repoussé au maximum le moment des adieux, mais celui-ci semblait bel et bien arriver.

Le frère de Cartouche cueillit une rose sauvage.

– Pour toi, dit-il, en l'offrant à la belle rousse.

Il hésita puis ajouta :

– Je reviendrai, tu sais ?

– J'espère bien... Et, quand tu reviendras, je serai là... Enfin, nous serons tous là, bien sûr.

Fleur d'Épine s'embrouillait. François ne savait trop quoi faire ni quoi dire. La gêne de la jeune fille le touchait au plus profond de son être. Sa poitrine se gonflait d'un sentiment à la fois agréable et douloureux. Il avait envie de prendre Fleur d'Épine dans ses bras, mais il n'osa pas et se contenta d'acquiescer avec un gentil sourire :

– Oui, bien sûr. Je sais que je peux compter sur... vous tous.

Fleur d'Épine rougissait comme une adolescente et le vent faisait onduler sa chevelure de feu. François lui caressa doucement la joue :

– Je te promets de revenir.

Il s'éloigna pendant que son amie, les larmes aux yeux, serrait contre elle le rosier sauvage.

Le Pont-Neuf

Une partie de l'action de ce récit se déroule sur le célèbre Pont-Neuf qui, contrairement à ce que son nom laisse supposer, est le plus vieux pont de Paris... en tout cas, le plus vieux à avoir été conservé dans son état d'origine.

Sa première pierre a été posée le 31 mai 1578 par le roi Henri III. Comme il était tout beau, tout neuf, on l'a naturellement baptisé « le Pont Neuf ». Par la suite, tous les autres ponts qui existaient avant lui (le plus ancien, le Petit-Pont, qui relie la rive gauche à l'île de la Cité, était déjà là

le plus vieux !

du temps des Romains, quand Paris s'appelait Lutèce !) ont été démolis puis rebâtis (le Petit-Pont, par exemple, a subi ce traitement en 1718). Ce qui fait qu'aujourd'hui, malgré son nom, le Pont-Neuf est le plus vieux pont de Paris !

Le Pont-Neuf est classé monument historique depuis 1889.

Il a été inscrit sur la liste du patrimoine mondial de l'UNESCO, avec l'ensemble des quais parisiens de la Seine.

Dans la collection

Cartouche

découvre :

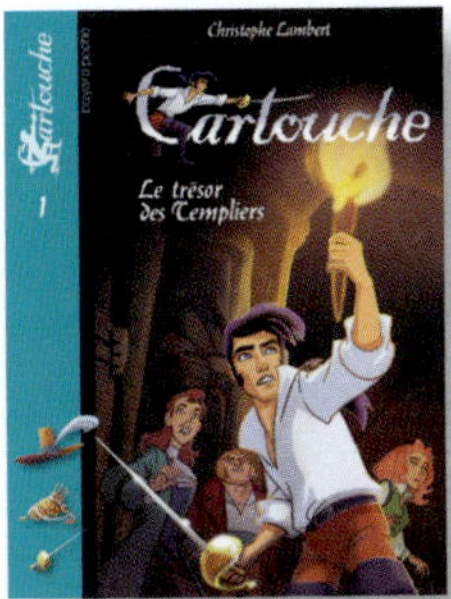

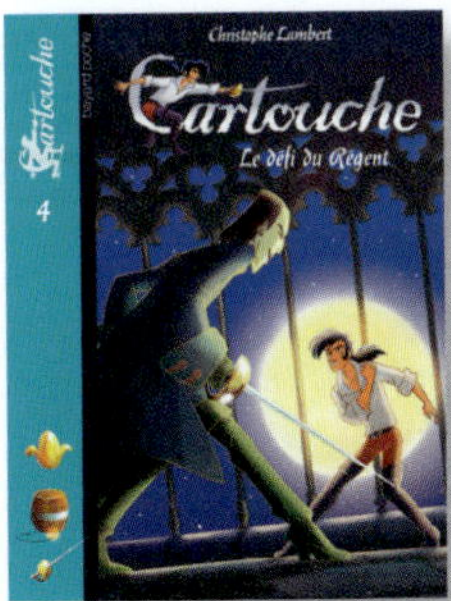

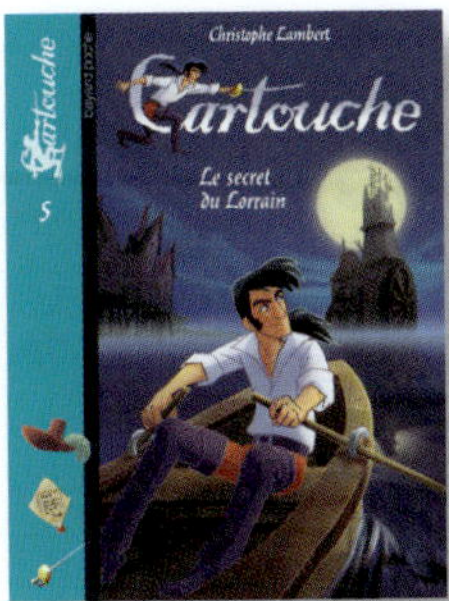

Achevé d'imprimer en août 2011 par Pollina S.A.
85400 Luçon - N° Impression : L58197
Imprimé en France